MACHADO DE ASSIS

TU SÓ, TU, PURO AMOR...

COMEDIA

Rio de Janeiro

M DCCC LXXXI

todavia   \C ItaúCultural

Machado de Assis

Tu só, tu, puro amor...
Comédia

Organização e apresentação
Hélio de Seixas Guimarães

_____
Todos os livros de Machado de Assis

7.
Apresentação

15.
Sobre esta edição

19.
–– Tu só, tu, puro amor... ––

89.
Notas sobre o texto

91.
Sugestões de leitura

93.
Índice de cenas

Apresentação

Hélio de Seixas Guimarães

Tu só, tu, puro amor... é o 15º livro publicado por Machado de Assis, o quinto que dedicou ao teatro. Ele começou a circular no Rio de Janeiro em maio de 1881, menos de um ano depois de aparecer na edição de 1º de julho de 1880 da *Revista Brasileira*, a mesma que veiculou os poemas dos seus "Cantos ocidentais" e as *Memórias póstumas de Brás Cubas*, estas publicadas aos pedaços, de março a dezembro de 1880. Trata-se, portanto, do texto que, tanto cronologicamente quanto na sua forma de publicação, mais se aproxima desse romance, que ganhou o formato de livro em janeiro de 1881, poucos meses antes da peça.

Machado entrava então na casa dos quarenta anos, casado com Carolina, em posição confortável na administração pública e gozando de prestígio pela sua produção em verso, prosa e também dramatúrgica. "É hoje incontestavelmente o primeiro literato nacional", teria escrito Artur Barreiros na edição de 10 de junho de 1880 da revista teatral *Pena & Lápis*.

A declaração saía na mesma data de encenação da peça, que comemorava com muita pompa o tricentenário de morte de Luís de Camões, celebrado tanto em Portugal como no Brasil. A comédia havia sido escrita por encomenda do Real Gabinete Português de Leitura, importante centro da vida cultural do Rio de Janeiro, ao qual o autor doou um dos manuscritos da peça, por intermédio do seu amigo Ernesto Cibrão, membro da comunidade portuguesa a que Machado esteve muito ligado desde a juventude. (Um segundo manuscrito pertence à coleção da Biblioteca Nacional, no Rio de Janeiro.)

O palco da encenação foi o Imperial Teatro D. Pedro II e contou com a presença do imperador e da imperatriz Teresa Cristina, além de boa parte da elite do Rio de Janeiro. Um contemporâneo registrou assim o evento:

> Se o Teatro Pedro II tivesse desabado na noite de 10 de junho, teria esmagado tudo quanto as letras, as artes, a política... possuem atualmente em maior atividade. Lá estavam: a corte, o senado, a imprensa, a câmara, a magistratura... tudo enfim.[1]

Joaquim Nabuco, então com trinta anos, encarregou-se de abrir a homenagem com um elogio a Camões, ao que se seguiu a leitura de poemas e a encenação de *Tu só, tu, puro amor*... O protagonista foi interpretado pelo ator português Furtado Coelho, estrela dos palcos cariocas e desde o final da década de 1850 uma das figuras mais importantes para a modernização do teatro no Rio de Janeiro. Lucinda Furtado Coelho fez o papel de d. Catarina, a amada do poeta. A peça recebeu elogios do imperador, que a descreveu como "pequeno drama de Machado de Assis inspirado todo pelos versos de Camões e escrito com muito talento".[2]

---

1. Junio (pseudônimo), "Crônica teatral". *Revista Ilustrada*, Rio de Janeiro, ano 5, n. 212, p. 3, jun. 1880.
2. Carta de d. Pedro II à condessa de Barral publicada em Raimundo Magalhães Júnior, *D. Pedro II e a condessa de Barral*. Rio de Janeiro: Civilização Brasileira, 1956, p. 339.

As homenagens do escritor brasileiro ao grande nome das letras lusitanas não pararam por aí. Também em 10 de junho de 1880, publicou quatro sonetos em homenagem a Camões em quatro veículos diferentes: "Tu quem és? Sou o século que passa" apareceu em uma edição da Lombaerts intitulada *Comemoração Brasileira*; "Quando, transposta a lúgubre morada" saiu na *Gazeta de Notícias*; "Quando, torcendo a chave misteriosa" veio à luz em edição especial do *Jornal do Commercio*; e "Um dia, junto à foz do brando e amigo" saiu também na *Revista Brasileira*. Sob o título "Camões", os quatro sonetos foram reunidos em *Ocidentais*, que compõem as *Poesias completas* (1901).

A familiaridade de Machado de Assis com assuntos portugueses é notável e fica indicada desde a "Advertência". Ali, ele discute a datação dos eventos referidos na peça, em função do episódio de um epigrama de Camões dedicado ao duque de Aveiro. Segundo o escritor português Teófilo Braga, a ação não poderia se passar em 1545, como indicado, uma vez que o título de "duque de Aveiro" só teria sido concedido a d. João de Lancastre em 1557. Recorrendo à documentação sobre a história de Portugal referida com precisão inventarial, o escritor brasileiro alega que muito antes de receber formalmente o título, o duque já o ostentava, de modo que tanto ele como seu par lusitano tinham razão.

Motivados pelo fato de o duque de Aveiro ter prometido enviar ao poeta uma galinha, mas em vez disso ter lhe enviado um pedaço de carne de vaca, os versos satíricos em questão dizem o seguinte:

> Eu já vi a taverneiro,
> Vender vaca por carneiro;
> Mas não vi, por vida minha,
> Vender vaca por galinha,
> Senão ao duque de Aveiro.

Alusões a textos de ou atribuídos a Camões estão presentes em toda a peça. Aliás, desde o título, fragmento de um verso do canto III de *Os lusíadas*, em que se lê:

> Tu só, tu, puro amor, com força crua
> Que os corações humanos tanto obriga,
> Deste causa à molesta morte sua,
> Como se fora pérfida inimiga.
> Se dizem, fero Amor, que a sede tua
> Nem com lágrimas tristes se mitiga,
> É porque queres, áspero e tirano,
> Tuas aras banhar em sangue humano.[3]

O trecho é retirado do episódio em que se narra o amor infeliz de Inês de Castro com d. Pedro, prenúncio do amor frustrado que constitui o enredo de *Tu só, tu, puro amor...* Construída em um ato, a peça tem dezessete cenas que giram em torno de uma intriga amorosa e palaciana envolvendo seis personagens: Camões, d. Antônio de Lima, Caminha, d. Manuel de Portugal, d. Catarina de Ataíde e d. Francisca de Aragão.

A ação se passa em Lisboa, no palácio real de d. João III, antes que Camões se tornasse *o* grande poeta

---

3. Luís de Camões, *Os lusíadas*. Comentado por Augusto Epifânio da Silva Dias. Porto: Companhia Portuguesa, 1916, p. 197.

da pátria portuguesa. Com cerca de vinte anos, o jovem Luís se apaixona por d. Catarina de Ataíde, então com seus treze anos, que os biógrafos indicam ter sido um dos grandes amores da juventude do poeta. Tudo estaria resolvido não fosse a oposição do pai dela, d. Antônio, e de Caminha.

Este último, personagem baseado em Pero de Andrade Caminha, também poeta, considera o rival "um frouxo cerzidor de palavras, sem arte nem conceito", um "rufião, a quem vadios deram foros de letrado", "arruador, esse brigão de horas mortas...". O ódio que Caminha tem de Camões (note-se o jogo do diminutivo e do aumentativo sugerido pelos nomes) alimenta-se da inveja que tem não só do talento do outro, mas também do amor puro que Camões nutre por Catarina. Um amor correspondido, para desespero do antagonista, que assim descreve seu sentimento perverso: "o meu amor tem o impulso do ódio, nutre-se do silêncio, o desdém o avigora". Ele é tão egoísta que diz preferir ver a amada chorar a sorrir, e que terá na angústia dela uma consolação.

Movido pelo ciúme e pelo despeito, Caminha age contra os amantes, e para isso conta com a ajuda de d. Antônio, pai severo e inflexível, e muito próximo do rei. Este quer para a filha um marido melhor que o pobretão, brigão e malfadado Luís, como o próprio poeta explica:

Simplesmente a minha doce e formosa senhora D. Catarina de Ataíde, uma ninfa do paço, que se lembrou de amar um triste escudeiro, sem se lembrar que seu pai a guarda para algum solar opulento, algum grande cargo de camareira-mor. Tudo isso havereis, enquanto que o coitado de Camões irá morrer em África ou Ásia...

Acionando as engrenagens que movem as intrigas palacianas, Antônio apela diretamente à intercessão do rei para a retirada de Camões da cena, no que é bem-sucedido. O rei decide pelo desterro.

A peça termina com o poeta sentindo "umas tonteiras africanas", e sua última fala soa como uma visão do que está por vir:

> Vede lá, ao longe, na imensidade desses mares, nunca dantes navegados, uma figura rútila, que se debruça dos balcões da aurora, coroada de palmas indianas? É a nossa glória, é a nossa glória que alonga os olhos, como a pedir o seu esposo ocidental. E nenhum lhe vai dar o ósculo que a fecunde; nenhum filho desta terra, nenhum que empunhe a tuba da imortalidade, para dizê-la aos quatro ventos do céu... Nenhum... (*vai amortecendo a voz*) Nenhum... (*pausa, fita D. Manuel, como se acordasse, e dá de ombros*) Uma grande quimera, senhor D. Manuel. Vamos ao nosso desterro.

Ao fim da comédia, muito do que se viu e ouviu refere-se ao que ainda espera Camões em suas aventuras militares pela África e Ásia, e também aos grandes feitos literários que estavam por vir. A fala final contém fragmentos dos famosíssimos primeiros versos de *Os lusíadas*, nos quais se lê: "As armas e os barões assinalados/ Que da Ocidental praia Lusitana,/ Por mares nunca de antes navegados,/ Passaram ainda além da Taprobana".

Assim, boa parte da comicidade está no fato de que, em vários momentos, as personagens enunciam o que a plateia já sabe que vai acontecer, mas que elas, obviamente, ignoram. É o caso das idas à África e à Ásia, referidas por d. Antônio e Camões nas falas reproduzidas anteriormente, e nos comentários de Caminha, que menciona a perda, na África, de "um braço, uma perna, ou um olho". Trata-se de referência ao episódio consagrado pela biografia camoniana, em que o poeta perde um olho na batalha de Ceuta, no norte da África.

Nessa sobreposição de passado, presente, futuro e posteridade, *Tu só, tu, puro amor...* lembra a composição da narrativa de Brás Cubas, da qual a princípio parece tão distante, apesar da rigorosa contemporaneidade do romance e da peça. Essas convergências parecem indiciadas já na "Advertência": "Busquei, sim, haver-me de maneira que o poeta fosse contemporâneo de seus amores, não lhe dando feições épicas, e, por assim dizer, póstumas".

O livro, impresso no Rio de Janeiro por Lombaerts & C., saiu em edição de apenas cem exemplares, numerados e assinados pelo autor. O texto, que agradara ao imperador quando da sua representação, também foi elogiado ao sair em livro. Na *Revista Ilustrada*, um texto assinado com o pseudônimo "Junio" procurava explicar de onde viria o sucesso da peça: "De um tom nobre, de um estilo puro, de uma caracterização perfeita, de uns toques vigorosos, de uma ironia delicadamente sensível e de um 'pico' de realismo à François Coppée. É um verdadeiro mimo literário".[4]

---

4. Junio (pseudônimo), op. cit., p. 3.

Apesar da boa recepção, tudo indica que o livro circulou pouco. Em seu *Dicionário de Machado de Assis*, Ubiratan Machado informa que a edição de cem exemplares ainda não havia se esgotado em 1897. A circulação restrita da peça deve ter sido um dos motivos que levaram Machado de Assis a incluí-la muitos anos mais tarde em suas *Páginas recolhidas* (1899).

Referências bibliográficas

ASSIS, Machado de. *Correspondência de Machado de Assis, tomo II: 1870-1889*. Coord. de Sergio Paulo Rouanet. Org. e comentários de Irene Moutinho e Sílvia Eleutério. Rio de Janeiro: Academia Brasileira de Letras, 2009.

BRASIL. MINISTÉRIO DA EDUCAÇÃO E SAÚDE PÚBLICA. *Exposição Machado de Assis: Centenário do nascimento de Machado de Assis: 1839-1939*. Intr. de Augusto Meyer. Rio de Janeiro: Serviço Gráfico do Ministério da Educação e Saúde, 1939.

CARVALHO, Castelar de. *Dicionário de Machado de Assis: Língua, estilo, temas*. 2. ed. rev. e atual. Rio de Janeiro: Lexikon, 2018.

FARIA, João Roberto (Org.). *Machado de Assis: Do teatro. Textos críticos e escritos diversos*. São Paulo: Perspectiva, 2008.

MACHADO, Ubiratan (Org.). *Machado de Assis: Roteiro da consagração (crítica em vida do autor)*. Rio de Janeiro: EdUERJ, 2003.

_____. *Dicionário de Machado de Assis*. 2. ed. rev. e ampl. São Paulo: Imprensa Oficial; Rio de Janeiro: Academia Brasileira de Letras; Lisboa: Imprensa Nacional, 2021.

SOUSA, José Galante de. *Bibliografia de Machado de Assis*. Rio de Janeiro: Instituto Nacional do Livro, 1955.

_____. *Fontes para o estudo de Machado de Assis*. Rio de Janeiro: Instituto Nacional do Livro, 1958.

_____. "Cronologia de Machado de Assis" [1958]. *Cadernos de Literatura Brasileira: Machado de Assis*, São Paulo, Instituto Moreira Salles, n. 23/24, pp. 10-40, jul. 2008.

Sobre esta edição

Esta edição tomou como base a única publicada em vida do autor, que saiu em maio de 1881 no Rio de Janeiro pela Lombaerts & C. Para o cotejo, foi utilizado o exemplar pertencente à Biblioteca Brasiliana Guita e José Mindlin, da Universidade de São Paulo, que traz o número 35 (de uma edição de cem exemplares) e o autógrafo de Machado de Assis. Também foram consultadas a edição preparada por Teresinha Marinho, Carmem Gadelha e Fátima Saadi publicada no volume *Teatro completo de Machado de Assis* (Rio de Janeiro: Ministério da Educação e Saúde, 1982) e a organizada por João Roberto Faria, *Teatro de Machado de Assis* (São Paulo: Martins Fontes, 2003).

O estabelecimento do texto orientou-se pelo princípio da máxima fidedignidade àquele tomado como base, adotando as seguintes diretrizes: a pontuação foi mantida, mesmo quando não está em conformidade com os usos atuais; a ortografia foi atualizada, registrando-se as variantes e mantendo-se as oscilações na grafia de algumas palavras; os sinais gráficos, tais como aspas, apóstrofos e travessões, foram padronizados.

Um dos intuitos desta edição é preservar o ritmo de leitura implícito na pontuação que consta em textos sobre os quais atuaram vários agentes, tais como editores, revisores e tipógrafos, mas cuja publicação foi supervisionada pelo escritor. A indicação das variantes ortográficas e a manutenção do modo de ordenação das palavras e dos grifos são importantes para caracterizar a dicção das personagens e constituem também registros, ainda que indiretos, dos hábitos de fala e de escrita de um tempo e lugar, o Rio de Janeiro do século XIX. Ali, imigrantes, especialmente de Portugal, conviviam com afrodescendentes — como é o caso da família de origem do escritor e também daquela que Machado de Assis constituiu com Carolina Xavier de Novais —, e as referências literárias e culturais europeias estavam muito presentes nos círculos letrados nos quais Machado de Assis se formou e que frequentou ao longo de toda a vida.

Neste volume, foram adotadas as formas mais correntes das seguintes variantes registradas no *Vocabulário ortográfico da língua portuguesa* (6. ed. Rio de Janeiro: Academia Brasileira de Letras, 2021): "ensosso", "subtil" e "subtilmente", e mantida a grafia de "cousa".

Para a identificação e atualização das variantes, também foram consultados o *Índice do vocabulário de Machado de Assis*, publicação digital da Academia Brasileira de Letras, e o *Vocabulário onomástico da língua portuguesa* (Rio de Janeiro: Academia Brasileira de Letras, 1999). Os *Vocabulários* e o *Índice* são as obras de referência para a ortografia adotada nesta edição.

Os destaques do texto de base, com itálico ou aspas, foram mantidos. As palavras em língua estrangeira que aparecem sem qualquer destaque foram atualizadas. Nos casos em que as obras de referência são omissas, manteve-se a grafia da edição de base.

Os sinais gráficos foram padronizados da seguinte forma: aspas (" "), apóstrofos ('), reticências (...) e travessões (—).

As rubricas foram padronizadas. Os nomes das personagens, na introdução de suas falas, vêm sempre em versalete. Os textos das rubricas aparecem entre parênteses e em itálico.

Na epígrafe e na advertência, as palavras abreviadas foram desenvolvidas e outras, incluídas em itálico, como se vê neste exemplo: "*Lusíadas, canto* III, *estrofe* 119".

As intervenções no texto que não seguem os princípios indicados anteriormente ou que não se devem a erros evidentes de composição tipográfica vêm indicadas por notas de fim, chamadas por letras.

As notas de rodapé, chamadas por números, visam elucidar o significado de palavras, referências ou citações não facilmente encontráveis nos bons dicionários da língua ou por meio de ferramentas eletrônicas de busca. Por vezes, elas abordam também o contexto a que se referem os escritos. As deste volume foram elaboradas por Hélio de Seixas Guimarães [HG] e Karina Okamoto [KO].

O organizador agradece a João Roberto Faria pela leitura da apresentação e pelas sugestões.

Machado de Assis

Tu só, tu, puro amor...
Comédia

Representada no Imperial Teatro de D. Pedro II,
no dia 10 de junho de 1880

Tu só, tu, puro amor, com força crua,
Que os corações humanos tanto obriga...
Camões, *Lusíadas, canto* III, *estrofe* 119

Advertência

A composição que ora se reimprime foi escrita para as festas organizadas, nesta capital, pelo Gabinete Português de Leitura, no tricentenário de Camões, e representada no teatro de D. Pedro II. O desfecho dos amores palacianos de Camões e de D. Catarina de Ataíde é o objeto da comédia, desfecho que deu lugar à subsequente aventura de África, e mais tarde à partida para a Índia, donde o poeta devia regressar um dia com a imortalidade nas mãos. Não pretendi fazer um quadro da corte de D. João III, nem sei se o permitiam as proporções mínimas do escrito e a urgência da ocasião. Busquei, sim, haver-me de maneira que o poeta fosse contemporâneo de seus amores, não lhe dando feições épicas, e, por assim dizer, póstumas.

Na REVISTA BRASILEIRA, onde esta peçazinha primeiro viu a luz, escrevi uma nota, que reproduzo, acrescentando-lhe alguma cousa explicativa. Como na cena primeira se trata da anedota que motivou o epigrama de Camões ao duque de Aveiro, disse eu ali que, posto se lhe não possa fixar data, usara dela por me parecer um curioso rasgo de costumes. E aduzi: "Engana-se, creio eu, o Sr. Teófilo Braga, quando afirma que ela só podia ter ocorrido depois do regresso de Camões a Lisboa, alegando, para fundamentar essa opinião, que o título de duque de Aveiro foi criado em 1557. Digo que se engana o distinto escritor, porque eu encontro o duque de Aveiro, cinco anos antes, em 1552, indo receber, na qualidade de embaixador, a princesa D. Joana, noiva do príncipe D. João (veja MEM*ÓRIAS* e DO*CUMENTOS* anexos aos ANAIS DE D. JOÃO III, pá*gin*as 440 e 441); e, se Camões só em 1553 partiu para a Índia, não é impossível que o epigrama e o caso que lhe deu origem fossem anteriores".

Temos ambos razão, o Sr. Teófilo Braga e eu. Com efeito, o ducado de Aveiro só foi criado formalmente em 1557, mas o agraciado usava o título desde muito antes, por mercê de D. João III; é o que confirma a própria carta régia de 30 de agosto daquele ano, textualmente inserta na HIST*ÓRIA* GENEAL*ÓGICA* de D. Antônio Caetano de Sousa, que cita em abono da asserção o testemunho de Andrade, na CRÔNICA D'EL-REI D. JOÃO III.[1] Naquela mesma obra se lê (liv*ro* IV, cap*ítulo* V) que em 1551, na trasladação dos ossos d'el-rei D. Manuel estivera presente o duque de Aveiro. Não é pois impossível que a anedota ocorresse antes da primeira ausência de Camões.

MACHADO DE ASSIS

---

1. As obras referidas por Machado de Assis em sua resposta a Teófilo Braga são: *Anais de el-rei dom João Terceiro*, do frei Luís de Sousa (publicada por Alexandre Herculano em 1844); *História genealógica da casa real portuguesa* (1735-49), de Antônio Caetano de Sousa, obra em vários tomos e volumes; e *Crônica do muito alto e muito poderoso rei destes reinos de Portugal dom João o III deste nome* (1613), de Francisco de Andrade. [HG]

Personagens

CAMÕES
D. ANTÔNIO DE LIMA
CAMINHA
D. MANUEL DE PORTUGAL
D. CATARINA DE ATAÍDE
D. FRANCISCA DE ARAGÃO[2]

Lisboa — MDXLV

---

2. Na edição de 1881, tomada como base, ao lado dos nomes das personagens, leem-se os dos atores que as representaram, respectivamente sr. Furtado Coelho, sr. Simões, sr. Ferreira, sr. Torres, d. Lucinda F. Coelho e d. Faustina. [KO]

Cena primeira

CAMINHA, D. MANUEL DE PORTUGAL

(*Caminha vem do fundo, à esquerda; vai a entrar pela porta da direita, quando lhe sai D. Manuel de Portugal, a rir.*)

———————————————————————

CAMINHA

Alegre vindes, senhor D. Manuel de Portugal. Disse-vos El-rei alguma cousa graciosa, decerto...

D. MANUEL

Não; não foi El-rei. Adivinhai o que seria, se é que o não sabeis já.

CAMINHA

Que foi?

D. MANUEL

Sabeis o caso da galinha do duque de Aveiro?

CAMINHA

Não.

D. MANUEL

Não sabeis? — Pois é isto: uns versos mui galantes do nosso Camões. (*Caminha estremece e faz um gesto de má vontade.*) Uns versos como ele os sabe fazer. (*à parte*) Dói-lhe a notícia. (*alto*) Mas, deveras não sabeis do encontro de Camões com o duque de Aveiro?

CAMINHA

Não.

D. MANUEL

Foi o próprio duque que mo contou agora mesmo, ao vir de estar com El-rei...

CAMINHA

Que houve então?

D. MANUEL

Eu vo-lo digo; achavam-se ontem, na igreja do Amparo, o duque e o poeta...

CAMINHA
(*com enfado*)

O poeta! o poeta! Não é mais que engenhar aí uns pecos versos, para ser logo poeta! Desperdiçais o vosso entusiasmo, senhor D. Manuel. Poeta é o nosso Sá, o meu grande Sá! Mas, esse arruador, esse brigão de horas mortas...

D. MANUEL

Parece-vos então...?

CAMINHA
Que esse moço tem algum engenho, muito menos do que lhe diz a presunção dele e a cegueira dos amigos; algum engenho não lhe nego eu. Faz sonetos sofríveis. E canções... Digo-vos que li uma ou duas, não de todo mal alinhavadas. Pois então? Com boa vontade, mais esforço, menos soberba, gastando as noites, não a folgar pelas locandas de Lisboa, mas a meditar os poetas italianos, digo-vos que pode vir a ser...

D. MANUEL
Acabai.

CAMINHA
Está acabado: um poeta sofrível.

D. MANUEL
Deveras? Lembra-me que já isso mesmo lhe negastes.

CAMINHA
(*sorrindo*)
No meu epigrama, não? E nego-lho ainda agora, se não fizer o que vos digo. Pareceu-vos gracioso o epigrama? Fi-lo por desenfado, não por ódio... Dizei, que tal vos pareceu ele?

D. MANUEL
Injusto, mas gracioso.

CAMINHA

Sim? Tenho em mui boa conta o vosso parecer. Algum tempo supus que me desdenháveis. Não era impossível que assim fosse. Intrigas da corte dão azo a muita injustiça; mas principalmente acreditei que fossem artes desse rixoso... Juro-vos que ele me tem ódio.

D. MANUEL

O Camões?

CAMINHA

Tem, tem...

D. MANUEL

Por quê?

CAMINHA

Não sei, mas tem. Adeus.

D. MANUEL

Ides-vos?[A]

CAMINHA

Vou a El-rei, e depois ao meu senhor infante. (*Corteja-o e dirige-se para a porta da direita. D. Manuel dirige-se para o fundo.*)

D. MANUEL
(*andando*)
Eu já vi a taverneiro
Vender vaca por carneiro...

CAMINHA
(*volta-se*)
Recitais versos?... São vossos?... Não me negueis o gosto de os ouvir.

D. MANUEL
Meus não; são de Camões. (*repete, descendo a cena*)

Eu já vi a taverneiro
Vender vaca por carneiro...

CAMINHA
(*sarcástico*)
De Camões?... Galantes são. Nem Virgílio os daria melhores. Ora, fazei o favor de repetir comigo:

Eu já vi a taverneiro
Vender vaca por carneiro...

E depois? Vá, dizei-me o resto, que não quero perder iguaria de tão fino sabor.

D. MANUEL
O duque de Aveiro e o poeta encontraram-se ontem na igreja do Amparo. O duque

prometeu ao poeta mandar-lhe uma galinha de sua mesa, mas só lhe mandou um assado. Camões retorquiu-lhe com estes versos, que o próprio duque me mostrou agora, a rir:

> Eu já vi a taverneiro,
> Vender vaca por carneiro;
> Mas não vi, por vida minha,
> Vender vaca por galinha,
> Senão ao duque de Aveiro.

Confessai, confessai,[A] senhor Caminha, vós que sois poeta, confessai que há aí certo pico, e uma simpleza de dizer... Não vale tanto decerto como os sonetos dele, alguns dos quais são sublimes, aquele por exemplo:

> De amor escrevo, de amor trato e vivo...

ou este:

> Tanto de meu estado me acho incerto...

Sabeis a continuação?

CAMINHA
Até lhe sei o fim:

> Se me pergunta alguém por que assim
> [ando

Respondo que não sei, porém suspeito
Que só porque vos vi, minha senhora.

(*fitando-lhe muito os olhos*) Esta senhora... Sabeis vós, decerto, quem é esta senhora do poeta, como eu o sei, como o sabem todos... Naturalmente amam-se ainda muito?

D. MANUEL
(*à parte*)
Que quererá ele?

CAMINHA
Amam-se por força.

D. MANUEL
Cuido que não.

CAMINHA
Que não?

D. MANUEL
Acabou, como tudo acaba.

CAMINHA
(*sorrindo*)
Andai lá; não sei se me dizeis tudo. Amigos sois, e não é impossível que também vós... Onde está a nossa gentil senhora D. Francisca de Aragão?

D. MANUEL

Que tem?

CAMINHA

Vede: um simples nome vos faz estremecer. Mas sossegai, que não sou vosso inimigo; mui ao contrário, amo-vos, e a ela também... e respeito-a muito. Um para o outro nascestes. Mas, adeus, faz-se tarde, vou ter com El-rei. (*sai pela direita*)

Cena II

_____

D. MANUEL DE PORTUGAL
Este homem! Este homem!... Como se os versos dele, duros e insossos... (*vai à porta por onde Caminha saiu e levanta o reposteiro*) Lá vai ele; vai cabisbaixo; rumina talvez alguma cousa. Que não sejam versos! (*Ao fundo aparecem D. Antônio de Lima e D. Catarina de Ataíde.*)

Cena III

D. MANUEL DE PORTUGAL, D. CATARINA
DE ATAÍDE, D. ANTÔNIO DE LIMA

D. ANTÔNIO DE LIMA
Que espreitais aí, senhor D. Manuel?

D. MANUEL
Estava a ver o porte elegante do nosso Caminha. Não vades supor que era alguma dama. (*levanta o reposteiro*) Olhai, lá vai ele a desaparecer. Vai a El-rei.

D. ANTÔNIO
Também eu. Tu, não, minha boa Catarina. A rainha espera-te. (*D. Catarina faz uma reverência e caminha para a porta da esquerda.*) Vai, vai, minha gentil flor... (*a D. Manuel*) Gentil, não a achais?

D. MANUEL
Gentilíssima.

D. ANTÔNIO
Agradece, Catarina.

D. CATARINA
Agradeço; mas o certo é que o senhor D. Manuel é rico de louvores...

D. MANUEL

Eu podia dizer que a natureza é que foi convosco pródiga de graças; mas, não digo; seria repetir mal aquilo que só poetas podem dizer bem. (*D. Antônio fecha o rosto.*) Dizem que também sou poeta, é verdade; não sei; faço versos. Adeus, senhor D. Antônio... (*Corteja-os e sai. D. Catarina vai a entrar, à esquerda. D. Antônio detém-na.*)

Cena IV

D. ANTÔNIO DE LIMA, D. CATARINA DE ATAÍDE

D. ANTÔNIO

Ouviste aquilo?

D. CATARINA
(*parando*)

Aquilo?

D. ANTÔNIO

"Que só poetas podem dizer bem" foram as palavras dele. (*D. Catarina aproxima-se.*) Vês tu, filha? tão divulgadas andam já essas cousas, que até se dizem nas barbas de teu pai!

D. CATARINA

Senhor, um gracejo...

D. ANTÔNIO
(*enfadando-se*)

Um gracejo injurioso, que eu não consinto, que não quero, que me dói... Que só poetas podem dizer bem! E que é poeta! Pergunta ao nosso Caminha o que é esse atrevido, o que vale a sua poesia... Mas, que seja outra e melhor, não a quero para mim, nem para ti. Não te criei para entregar-te às mãos do primeiro que passa, e lhe dá na cabeça haver-te.

D. CATARINA
(*procurando moderá-lo*)
Meu pai...

D. ANTÔNIO
Teu pai, e teu senhor!

D. CATARINA
Meu senhor e pai... juro-vos que... juro-vos que vos quero e muito... Por quem sois, não vos irriteis contra mim!

D. ANTÔNIO
Jura que me obedecerás.

D. CATARINA
Não é essa a minha obrigação?

D. ANTÔNIO
Obrigação é, e a mais grave de todas. Olha-me bem, filha; eu amo-te como pai que sou. Agora, anda, vai.

Cena V

D. ANTÔNIO DE LIMA, D. CATARINA DE ATAÍDE,
D. FRANCISCA DE ARAGÃO

D. ANTÔNIO
Mas não, não vás sem falar à senhora D. Francisca de Aragão, que aí nos aparece, fresca como a rosa que desabotoou agora mesmo, ou, como dizia a farsa do nosso Gil Vicente, que eu ouvi há tantos anos, por tempo do nosso sereníssimo senhor D. Manuel... Velho estou, minha formosa dama...

D. FRANCISCA
E que dizia a farsa?

D. ANTÔNIO
A farsa dizia:

> É bonita como estrela,
> Uma rosinha de abril,
> Uma frescura de maio,
> Tão manhosa, tão sutil!

Vede que a farsa adivinhava já a nossa D. Francisca de Aragão, uma frescura de maio, tão manhosa, tão sutil...

D. FRANCISCA
Manhosa, eu?

D. ANTÔNIO
E sutil. Não vos esqueça a rima, que é de lei. (*Vai a sair pela porta da direita; aparece Camões.*)

Cena VI

OS MESMOS, CAMÕES

D. CATARINA
(*à parte*)
Ele!

D. FRANCISCA
(*baixo a D. Catarina*)
Sossegai!

D. ANTÔNIO
Vinde cá, senhor poeta das galinhas. Já me chegou aos ouvidos o vosso lindo epigrama. Lindo, sim; e estou que não vos custaria mais tempo a fazê-lo do que eu a dizer-vos que me divertiu muito... E o duque? O duque, ainda não emendou a mão? Há de emendar, que não é nenhum mesquinho.

CAMÕES
(*alegremente*)
Pois El-rei deseja o contrário...

D. ANTÔNIO
Ah! Sua Alteza falou-vos disso?... Contar-mo-eis em tempo. (*a D. Catarina, com intenção*) Minha filha e senhora, não ides ter com a rainha? eu vou falar a El-rei.

(*D. Catarina corteja-os e dirige-se para a esquerda; D. Antônio sai pela direita.*)

Cena VII

OS MESMOS, MENOS D. ANTÔNIO DE LIMA

(*D. Catarina quer sair,*
D. Francisca de Aragão detém-na.)

————————————————

D. FRANCISCA

Ficai, ficai...

D. CATARINA

Deixai-me ir!

CAMÕES

Fugis de mim?

D. CATARINA

Fujo... Assim o querem todos.

CAMÕES

Todos! Todos quem?

D. FRANCISCA
(*indo a Camões*)

Sossegai. Tendes, na verdade, um gênio, uns espíritos... Que há de ser? Corre a mais e mais a notícia dos vossos amores... e o senhor D. Antônio, que é pai, e pai severo...

CAMÕES
(*vivamente a D. Catarina*)

Ameaça-vos?

D. CATARINA
Não; dá-me conselhos... bons conselhos, meu Luís. Não vos quer mal, não quer... Vamos lá; eu é que sou desatinada. Mas passou. Dizei-nos lá esses versos de que faláveis há pouco. Um epigrama, não é? Há de ser tão bonito como os outros... menos um.

CAMÕES
Um?

D. CATARINA
Sim, o que fizestes a D. Guiomar de Blasfé.

CAMÕES
(*com desdém*)
Que monta? Bem frouxos versos.

D. FRANCISCA
Não tanto; mas eram feitos a D. Guiomar, e os piores versos deste mundo são os que se fazem a outras damas. (*a D. Catarina*) Acertei? (*a Camões*) Ora, andai, vou deixar-vos; dizei o caso do vosso epigrama, não a mim, que já o sei de cor, porém a ela que ainda não sabe nada... E que foi que vos disse El-rei?

CAMÕES
El-rei viu-me, e dignou-se chamar-me; fitou-me um pouco a sua real vista, e disse com brandura: — "Tomara eu, senhor

poeta, que todos os duques vos faltem com galinhas, porque assim nos alegrareis com versos tão chistosos".

D. FRANCISCA
Disse-vos isto? é um grande espírito El-rei!

D. CATARINA
(*a D. Francisca*)
Não é? (*a Camões*) E vós que lhe dissestes?

CAMÕES
Eu? nada... ou quase nada. Era tão inopinado o louvor que me tomou a fala. E, contudo, se eu pudesse responder agora... agora que recobrei os espíritos... dir-lhe--ia que há aqui (*leva a mão à fronte*) alguma cousa mais do que simples versos de desenfado... dir-lhe-ia que... (*fica absorto um instante, depois olha alternadamente para as duas damas, entre as quais se acha*) Um sonho... Às vezes cuido conter cá dentro mais do que a minha vida e o meu século... Sonhos... sonhos! A realidade é que vós sois as duas mais lindas damas da cristandade, e que o amor é a alma do universo!

D. FRANCISCA
O amor e a espada, senhor brigão!

CAMÕES
(*alegremente*)
Por que me não dais logo as alcunhas que me hão de ter posto os poltrões do Rossio? Vingam-se com isso, que é a desforra da poltroneria... Não sabeis? Naturalmente não; vós gastais as horas nos lavores e recreios do paço; mora aqui a doce paz do espírito.

D. CATARINA
(*com intenção*)
Nem sempre.

D. FRANCISCA
Isto é convosco; e eu, que posso ser indiscreta, não me detenho a ouvir mais nada.
(*dá alguns passos para o fundo*)

D. CATARINA
Vinde cá...

D. FRANCISCA
Vou-me... vou a consolar o nosso Caminha, que há de estar um pouco enfadado... Ouviu ele o que El-rei vos disse?

CAMÕES
Ouviu; que tem?

D. FRANCISCA
Não ouviria de boa sombra.

CAMÕES
Pode ser que não... dizem-me que não.
(*a D. Catarina*) Pareceis inquieta...

D. CATARINA
(*a D. Francisca*)
Não, não vades; ficai um instante.

CAMÕES
(*a D. Francisca*)
Irei eu.

D. FRANCISCA
Não, senhor; irei eu só. (*sai pelo fundo*)

Cena VIII

CAMÕES, D. CATARINA DE ATAÍDE

CAMÕES
(*com uma reverência*)
Irei eu. Adeus, minha senhora D. Catarina de Ataíde! (*D. Catarina dá um passo para ele.*) Mantenha-vos Deus na sua santa guarda.

D. CATARINA
Não... vinde cá... (*Camões detém-se.*) Enfadei--vos? Vinde um pouco mais perto. (*Camões aproxima-se.*) Que vos fiz eu? Duvidais de mim?

CAMÕES
Cuido que me quereis ausente.

D. CATARINA
Luís! (*inquieta*) Vede esta sala, estas paredes... falarmos a sós... Duvidais de mim?

CAMÕES
Não duvido de vós; não duvido da vossa ternura; da vossa firmeza é que eu duvido.

D. CATARINA
Receais que fraqueie algum dia?

CAMÕES

Receio; chorareis muitas lágrimas, muitas e amargas... mas, cuido que fraqueareis.

D. CATARINA

Luís! juro-vos...

CAMÕES

Perdoai, se vos ofende esta palavra. Ela é sincera; subiu-me do coração à boca. Não posso guardar a verdade; perder-me-ei algum dia por dizê-la sem rebuço. Assim me fez a natureza; assim irei à sepultura.

D. CATARINA

Não, não fraquearei, juro-vos. Amo-vos muito, bem o sabeis. Posso chegar a afrontar tudo, até a cólera de meu pai. Vede lá, estamos a sós; se nos vira alguém... (*Camões dá um passo para sair.*) Não, vinde cá. Mas, se nos vira alguém, defronte um do outro, no meio de uma sala deserta, que pensaria? Não sei que pensaria; tinha medo há pouco; já não tenho medo... amor sim... O que eu tenho é amor, meu Luís.

CAMÕES

Minha boa Catarina!

D. CATARINA

Não me chameis boa, que eu não sei se o sou... Nem boa, nem má.

CAMÕES
Divina sois!

D. CATARINA
Não me deis nomes que são sacrilégios.

CAMÕES
Que outro vos cabe?

D. CATARINA
Nenhum.

CAMÕES
Nenhum? — Simplesmente a minha doce e formosa senhora D. Catarina de Ataíde, uma ninfa do paço, que se lembrou de amar um triste escudeiro, sem se lembrar que seu pai a guarda para algum solar opulento, algum grande cargo de camareira-mor. Tudo isso havereis, enquanto que o coitado de Camões irá morrer em África ou Ásia...

D. CATARINA
Teimoso sois! Sempre essas ideias de África...

CAMÕES
Ou Ásia. Que tem isso? Digo-vos que, às vezes, a dormir, imagino lá estar, longe dos galanteios da corte, armado em guerra, diante do gentio. Imaginai agora...

D. CATARINA
Não imagino nada; vós sois meu, tão só meu, tão somente meu. Que me importa o gentio, ou o Turco, ou que quer que é, que não sei, nem quero? Tinha que ver, se me deixáveis, para ir às vossas Áfricas... E os meus sonetos? Quem mos havia de fazer, meu rico poeta?

CAMÕES
Não faltará quem vo-los faça, e da maior perfeição.

D. CATARINA
Pode ser; mas eu quero-os ruins, como os vossos... como aquele da Circe, o meu retrato, dissestes vós.

CAMÕES
(*recitando*)
Um mover de olhos, brando e piedoso,
Sem ver de quê; um riso brando e
[honesto,
Quase forçado; um doce e humilde
[gesto
De qualquer alegria duvidoso...

D. CATARINA
Não acabeis, que me obrigareis a fugir de vexada.

CAMÕES

De vexada! Quando é que a rosa se vexou,
porque o sol a beijou de longe?

D. CATARINA

Bem respondido, meu claro sol.

CAMÕES

Deixai-me repetir que sois divina. Natércia minha,[3] pode a sorte separar-nos, ou a morte de um ou de outro; mas o amor subsiste, longe ou perto, na morte ou na vida, no mais baixo estado, ou no cimo das grandezas humanas, não é assim? Deixai-me crê-lo, ao menos; deixai-me crer que há um vínculo secreto e forte, que nem os homens, nem a própria natureza poderia já destruir. Deixai-me crer... Não me ouvis?

D. CATARINA

Ouço, ouço.

CAMÕES

Crer que a última palavra de vossos lábios será o meu nome. Será? Tenha eu esta fé, e não se me dará da adversidade; sentir-me-ei afortunado e grande. Grande, ouvis bem? Maior que todos os demais homens.

---

3. Natércia é o nome de uma das musas de Camões, muitas vezes associada a Catarina de Ataíde, por ser um anagrama de uma variante do seu nome, "Caterina". [HG]

D. CATARINA
Acabai!

CAMÕES
Que mais?

D. CATARINA
Não sei; mas é tão doce ouvir-vos! Acabai, acabai, meu poeta! Ou antes, não, não acabeis; falai sempre, deixai-me ficar perpetuamente a escutar-vos.

CAMÕES
Ai de nós! A perpetuidade é um simples instante, um instante em que nos deixam sós nesta sala! (*D. Catarina afasta-se rapidamente.*) Olhai; só a ideia do perigo vos arredou de mim.

D. CATARINA
Na verdade, se nos vissem... Se alguém aí, por esses reposteiros... Adeus...

CAMÕES
Medrosa, eterna medrosa!

D. CATARINA
Pode ser que sim; mas não está isso mesmo no meu retrato?

Um encolhido ousar, uma brandura,
Um medo sem ter culpa; um ar sereno,
Um longo e obediente sofrimento...

CAMÕES
Esta foi a celeste formosura
Da minha Circe, e o mágico veneno
Que pôde transformar meu pensamento.

D. CATARINA
(*indo a ele*)
Pois então? A vossa Circe manda-vos que não duvideis dela, que lhe perdoeis os medos, tão próprios do lugar e da condição; manda-vos crer e amar. Se ela às vezes foge, é porque a espreitam; se vos não responde, é porque outros ouvidos poderiam escutá-la. Entendeis? É o que vos manda dizer a vossa Circe, meu poeta... e agora... (*estende-lhe a mão*) Adeus!

CAMÕES
Ides-vos?[A]

D. CATARINA
A rainha espera-me. Audazes fomos, Luís. Não desafiemos o paço... que esses reposteiros...

CAMÕES
Deixa-me ir ver!

D. CATARINA
(*detendo-o*)
Não, não. Separemo-nos.

CAMÕES
Adeus! (*D. Catarina dirige-se para a porta da esquerda; Camões olha para a porta da direita.*)

D. CATARINA
Andai, andai!

CAMÕES
Um instante ainda!

D. CATARINA
Imprudente! Por quem sois, ide-vos,^A meu Luís!

CAMÕES
A rainha espera-vos?

D. CATARINA
Espera.

CAMÕES
Tão raro é ver-vos!

D. CATARINA
Não afrontemos o céu... podem dar conosco...

CAMÕES
Que venham! Tomara eu que nos vissem! Bradaria a todos o meu amor, e à fé que o faria respeitar!

D. CATARINA
(*aflita pegando-lhe na mão*)
Reparai, meu Luís, reparai onde estais, quem eu sou, o que são estas paredes... domai esse gênio arrebatado. Peço-vo-lo eu. Ide-vos em boa paz, sim?

CAMÕES
Viva a minha corça gentil, a minha tímida corça! Ora vos juro que me vou, e de corrida. Adeus!

D. CATARINA
Adeus!

CAMÕES
(*com a mão dela presa*)
Adeus!

D. CATARINA
Ide... deixai-me ir!

CAMÕES
Hoje há luar; se virdes um embuçado diante das vossas janelas, quedado a olhar para cima, desconfiai que sou eu; e então, já não

é o sol a beijar de longe uma rosa, é o goivo
que pede calor a uma estrela.

D. CATARINA
Cautela, não vos reconheçam.

CAMÕES
Cautela haverei; mas, que me reconheçam, que tem isso? embargarei a palavra ao importuno.

D. CATARINA
Sossegai. Adeus!

CAMÕES
Adeus! (*D. Catarina dirige-se para a porta da esquerda, e para diante dela, à espera que Camões saia. Camões corteja-a com um gesto gracioso, e dirige-se para o fundo. — Levanta-se o reposteiro da porta da direita, e aparece Caminha. — D. Catarina dá um pequeno grito, e sai precipitadamente. — Camões detém-se. Os dois homens olham-se por um instante.*)

Cena IX

CAMÕES, CAMINHA

CAMINHA
(*entrando*)
Discreteáveis com alguém, ao que parece...

CAMÕES
É verdade.

CAMINHA
Ouvi de longe a vossa fala, e reconheci-a. Vi logo que era o nosso poeta, de quem tratava há pouco com alguns fidalgos. Sois o bem-amado, entre os últimos de Coimbra. — Com quê, discreteáveis... Com alguma dama?

CAMÕES
Com uma dama.

CAMINHA
Certamente formosa, que não as há de outra casta nestes reais paços. Sua Alteza cuido que continuará, e ainda em bem, algumas boas tradições de El-rei seu pai. Damas formosas, e, quanto possível, letradas. São estes, dizem, os bons costumes italianos. E vós, senhor Camões, por que não ides à Itália?

CAMÕES
Irei à Itália, mas passando por África.

CAMINHA
Ah! Ah! para lá deixar primeiro um braço, uma perna, ou um olho... Não, poupai os olhos, que são o feitiço dessas damas da corte; poupai também a mão, com que nos haveis de escrever tão lindos versos; isto vos digo que poupeis...

CAMÕES
Uma palavra, senhor Pero de Andrade, uma só palavra, mas sincera.

CAMINHA
Dizei.

CAMÕES
Dissimulais algum outro pensamento. Revelai-mo... intimo-vos que mo reveleis.

CAMINHA
Ide à Itália, senhor Camões, ide à Itália.

CAMÕES
Não resistireis muito tempo ao que vos mando.

CAMINHA
Ou a África, se o quereis... ou a Babilônia... A Babilônia é melhor; levai a harpa

ao desterro,^A mas em vez de a pendurar de
um salgueiro, como na Escritura, cantar-
-nos-eis a linda copla da galinha, ou com-
poreis umas outras voltas ao mote, que já
vos serviu tão bem:

> Perdigão perdeu a pena,
> Não há mal que lhe não venha.

Ide a Babilônia, senhor Perdigão!

CAMÕES
(*pegando-lhe no pulso*)
Por vida minha, calai-vos!

CAMINHA
Vede o lugar em que estais.

CAMÕES
(*solta-o*)
Vejo; vejo também quem sois; só não vejo
o que odiais em mim.

CAMINHA
Nada.

CAMÕES
Nada?

CAMINHA
Cousa nenhuma.

CAMÕES
Mentis pela gorja, senhor camareiro.

CAMINHA
Minto? Vede lá; ia-me deixando arrebatar, ia conspurcando com alguma vilania esta sala de El-rei. Retraí-me a tempo. Menti, dizeis vós? — Pode ser que sim, porque eu creio que efetivamente vos odeio, mas só há um instante, depois que me pagastes com uma injúria o aviso que vos dei.

CAMÕES
Um aviso?

CAMINHA
Nada menos. Queria eu dizer-vos que as paredes do paço nem são mudas, nem sempre são caladas.

CAMÕES
Não serão; mas eu as farei caladas.

CAMINHA
Pode ser. Essa dama era...?

CAMÕES
Não reparei bem.

CAMINHA
Fizestes mal; é prudência reparar nas damas; prudência e cortesia. Com quê, ides

a África? Lá estão os nossos em Mazagão, cometendo façanhas contra essa canalha de Mafamede; imitai-os. Vede, não deixeis lá esse braço, com que nos haveis de calar as paredes e os reposteiros. É conselho de amigo.

CAMÕES
Por que seríeis meu amigo?

CAMINHA
Não digo que o seja; o conselho é que o é.

CAMÕES
Credes, então...?

CAMINHA
Que poupareis uma grande dor e um maior escândalo.

CAMÕES
Percebo-vos. Imaginais que amo alguma dama? Suponhamos que sim. Qual é o meu delito? Em que ordenação, em que rescrito, em que bula, em que escritura, divina ou humana, foi já dado como delito amarem-se duas criaturas?

CAMINHA
Deixai a corte.

CAMÕES
Digo-vos que não.

CAMINHA
Oxalá que não!

CAMÕES
(*à parte*)
Este homem... que há neste homem? lealdade ou perfídia? (*alto*) Adeus, senhor Caminha. (*para no meio da cena*) Por que não tratamos de versos?... Fora muito melhor...

CAMINHA
Adeus, senhor Camões. (*Camões sai.*)

Cena X

CAMINHA, LOGO D. CATARINA DE ATAÍDE

―――――――――――――――――――――――――――

CAMINHA

Ide,ᴬ ide, magro poeta de camarins... (*desce ao proscênio*) Era ela, decerto, era ela que aí estava com ele, no meio do paço, esquecidos de El-rei e de todos... Oh temeridade do amor! Do amor?... ele... ele... Mas seria ela deveras?... Que outra podia ser?

D. CATARINA
(*espreita e entra*)
Senhor... senhor...

CAMINHA
Ela!

D. CATARINA

Ouvi tudo... tudo o que lhe dissestes... e peço-vos que não nos façais mal. Sois amigo de meu pai, ele é vosso amigo; não lhe digais nada. Fui imprudente, fui, mas que quereis? (*vendo que Caminha não diz nada*) Então? falai... poderei contar convosco?

CAMINHA

Comigo? (*D. Catarina inquieta, aflita, pega-lhe na mão; ele retira-lha com aspereza.*) Contar comigo! para quê, minha senhora

D. Catarina? Amais um mancebo digno, por que vós o amais... muito, não?

D. CATARINA
Muito.

CAMINHA
Muito! Muito, dizeis... E éreis vós que estáveis aqui, com ele, nesta sala solitária, juntos um do outro, a falarem naturalmente do céu e da terra... ou só do céu, que é a terra dos namorados. Que dizíeis?...

D. CATARINA
(*baixando os olhos*)
Senhor...

CAMINHA
Galanteios, galanteios, de que se há de falar lá fora... (*gesto de D. Catarina*) Ah! cuidais que estes amores nascem e morrem no paço? — Não; passam além; descem à rua, são o mantimento dos ociosos, e ainda dos que trabalham, porque, ao serão, principalmente nas noites de inverno, em que se há de ocupar a gente, depois de fazer as suas orações? Com quê, éreis vós? Pois digo-vos que o não sabia; suspeitava, porque não podia talvez ser outra... E confessais que lhe quereis muito. Muito?

D. CATARINA
Pode ser fraqueza; mas crime... onde está o crime?

CAMINHA
O crime está em desonrar as cãs de um nobre homem, arrastando-lhe o nome por vielas e praças; o crime está em escandalizar a corte, com essas ternuras, impróprias do alto cargo que exerceis, do vosso sexo e estado... esse é o crime. E parece-vos pequeno?

D. CATARINA
Bem; desculpai-me, não direis nada...

CAMINHA
Não sei.

D. CATARINA
Peço-vo-lo... de joelhos até... (*faz um gesto para ajoelhar-se, ele impede-lho*)

CAMINHA
Perderíeis o tempo; eu sou amigo de vosso pai.

D. CATARINA
Contar-lhe-eis tudo?

CAMINHA
Talvez.

D. CATARINA

Bem mo diziam sempre; sois inimigo de Camões.

CAMINHA

E sou.

D. CATARINA

Que vos fez ele?

CAMINHA

Que me fez? (*pausa*) D. Catarina de Ataíde, quereis saber o que me fez o vosso Camões? Não é só a sua soberba que me afronta; fosse só isso, e que me importava um frouxo cerzidor de palavras, sem arte nem conceito?

D. CATARINA

Acabai.

CAMINHA

Também não é porque ele vos ama, que eu o odeio; mas vós, senhora D. Catarina de Ataíde, vós o amais... eis o crime de Camões. Entendeis?

D. CATARINA

(*depois de um instante de assombro*)
Não quero entender.

CAMINHA

Sim, que também eu vos quero, ouvis? —
E quero-vos muito... mais do que ele, e melhor
do que ele; porque o meu amor tem
o impulso do ódio, nutre-se do silêncio, o
desdém o avigora, e não faço alarde nem
escândalo; é um amor...

D. CATARINA

Calai-vos! Pela Virgem, calai-vos!

CAMINHA

Que me cale? Obedecerei. (*faz uma reverência*)
Mandais alguma outra cousa?

D. CATARINA

Não, ficai, ficai. Jurai-me que não direis
nada...

CAMINHA

Depois da confissão que vos fiz, esse pedido
chega a ser mofa. Que não diga nada?
Direi tudo, revelarei tudo a vosso pai. Não
sei se a ação é má ou boa; sei que vos amo,
e que detesto esse rufião, a quem vadios
deram foros de letrado.

D. CATARINA

Senhor! É demais!

CAMINHA

Defendei-o,^ não é assim?

D. CATARINA
Odiai-o, se vos apraz; insultá-lo, é que não é de cavaleiro...[4]

CAMINHA
Que tem? O amor desprezado sangra e fere.

D. CATARINA
Deixai que lhe chame um amor vilão.

CAMINHA
Sois vós agora que me injuriais. Adeus, senhora D. Catarina de Ataíde! (*dirige-se para o fundo*)

D. CATARINA
(*tomando-lhe o passo*)
Não! Agora não vos peço... intimo-vos que vos caleis.

CAMINHA
Que recompensa me dais?

D. CATARINA
A vossa consciência.

---

4. Variante de "cavalheiro", muito recorrente na literatura do século XIX, referindo-se a indivíduo nobre e gentil no trato, até hoje dicionarizada com essa acepção. [HG]

CAMINHA

Deixai em paz os que dormem. Quereis que vos prometa alguma cousa? Uma só cousa prometo; não contar a vosso pai o que se passou. Mas, se por denúncia ou desconfiança, for interrogado por ele, então lhe direi tudo. E duas vezes farei bem: — não faltarei à verdade, que é dever de cavaleiro; e depois... chorareis lágrimas de sangue; e eu prefiro ver-vos chorar a ver-vos sorrir. A vossa angústia será a minha consolação. Onde falecerdes de pura saudade, aí me glorificarei eu. Chamai-me agora perverso, se o quereis; eu respondo que vos amo, e que não tenho outra virtude. (*vai a sair, encontra--se com D. Francisca de Aragão; corteja-a e sai*)

Cena XI

D. CATARINA DE ATAÍDE,
D. FRANCISCA DE ARAGÃO

D. FRANCISCA
Vai afrontado o nosso poeta. Que terá ele? (*reparando em D. Catarina*) Que tendes vós? que foi?

D. CATARINA
Tudo sabe.

D. FRANCISCA
Quem?

D. CATARINA
Esse homem. Achou-nos nesta sala; eu tive medo; disse-lhe tudo.

D. FRANCISCA
Imprudente!

D. CATARINA
Duas vezes imprudente; deixei-me estar ao lado do meu Luís, a ouvir-lhe as palavras tão nobres, tão apaixonadas... e o tempo corria... e podiam espreitar-nos... Credes que o Caminha diga alguma cousa a meu pai?

D. FRANCISCA
Talvez não.

D. CATARINA
Quem sabe? Ele ama-me.

D. FRANCISCA
O Caminha?

D. CATARINA
Disse-mo agora. Que admira? acha-me formosa, como os outros. Triste dom é esse. Sou formosa para não ser feliz, para ser amada às ocultas, odiada às escâncaras, e, talvez... Se meu pai vier a saber... que fará ele, amiga minha?

D. FRANCISCA
O senhor D. Antônio é tão severo!

D. CATARINA
Irá ter com El-rei, pedir-lhe-á que o castigue, que o encarcere, não? E por minha causa... Não; primeiro irei eu... (*dirige-se para a porta da direita*)

D. FRANCISCA
Onde ides?

D. CATARINA
Vou falar a El-rei... Ou, não... (*encaminha-se para a porta da esquerda*) Vou ter com a

rainha; contar-lhe-ei tudo; ela me amparará. Credes que não?

D. FRANCISCA

Creio que sim.

D. CATARINA

Irei, ajoelhar-me-ei a seus pés. Ela é rainha, mas é também mulher... e ama-me. (*sai pela esquerda*)

Cena XII

D. FRANCISCA DE ARAGÃO, D. ANTÔNIO
DE LIMA, DEPOIS, D. MANUEL DE PORTUGAL

D. FRANCISCA
(*depois de um momento de reflexão*)
Talvez chegue cedo demais. (*dá um passo para a porta da esquerda*) Não; melhor é que lhe fale... mas, se se aventa a notícia? Meu Deus, não sei... não sei... Ouço passos... (*Entra D. Antônio de Lima.*) Ah!

D. ANTÔNIO
Que foi?

D. FRANCISCA
Nada, nada... não sabia quem era. Sois vós... (*risonha*) Chegaram galeões da Ásia; boas notícias, dizem...

D. ANTÔNIO
Eu não ouvi dizer nada. (*querendo retirar-se*) Permitis?...

D. FRANCISCA
Jesus! Que tendes?... que ar é esse? (*vendo entrar D. Manuel de Portugal*) Vinde cá, senhor D. Manuel de Portugal, vinde saber o que tem este meu bom e velho amigo, que me não quer... (*segurando na mão de*

D. Antônio) Então, eu já não sou a vossa frescura de maio?

D. ANTÔNIO
(*sorrindo a custo*)
Sois, sois. Manhosamente sutil, ou sutilmente manhosa, à escolha; eu é que sou uma triste secura de dezembro, que me vou e vos deixo. Permitis, não? (*corteja-a e dirige-se para a porta*)

D. MANUEL
(*interpondo-se*)
Deixai que vos levante o reposteiro. (*levanta o reposteiro*) Ides ter com Sua Alteza, suponho?

D. ANTÔNIO
Vou.

D. MANUEL
Ides levar-lhe notícias da Índia?

D. ANTÔNIO
Sabeis que não é o meu cargo...

D. MANUEL
Sei, sei; mas dizem que... Senhor D. Antônio, acho-vos o rosto anuviado, alguma cousa vos penaliza ou turva. Sabeis que sou vosso amigo; perdoai se vos interrogo. Que foi? que há?

D. ANTÔNIO
(*gravemente*)
Senhor D. Manuel, tendes vinte e sete anos, eu conto sessenta; deixai-me passar.
(*D. Manuel inclina-se, levantando o reposteiro. D. Antônio desaparece.*)

Cena XIII

D. MANUEL DE PORTUGAL,
D. FRANCISCA DE ARAGÃO

_____

D. MANUEL
Vai dizer tudo a El-rei.

D. FRANCISCA
Credes?

D. MANUEL
Camões contou-me o encontro que tivera com o Caminha aqui; eu ia falar ao senhor D. Antônio; achei-o agora mesmo, ao pé de uma janela, com o dissimulado Caminha, que lhe dizia: "Não vos nego, senhor D. Antônio, que os achei naquela sala, a sós e que vossa filha fugiu desde que eu lá entrei".

D. FRANCISCA
Ouvistes isso?

D. MANUEL
D. Antônio ficou severo e triste. "Querem escândalo?..." foram as suas palavras. E não disse outras; apertou a mão ao Caminha, e seguiu para cá... Penso que foi pedir alguma cousa a El-rei. Talvez o desterro.

D. FRANCISCA

O desterro?

D. MANUEL

Talvez. Camões há de voltar agora aqui; disse-me que viria falar ao senhor D. Antônio. Para quê? Que outros lhe falem, sim; mas o meu Luís que não sabe conter-se... D. Catarina?

D. FRANCISCA

Foi lançar-se aos pés da rainha, a pedir--lhe proteção.

D. MANUEL

Outra imprudência. Foi há muito?

D. FRANCISCA

Pouco há.

D. MANUEL

Ide ter com ela, se é tempo, dizei-lhe que não, que não convém falar nada. (*D. Francisca vai a sair, e para.*) Recusais?

D. FRANCISCA

Vou, vou. Pensava comigo uma cousa. (*D. Manuel vai a ela.*) Pensava que é preciso querer muito àqueles dois para nos esquecermos assim de nós.

D. MANUEL

É verdade. E não há mais nobre motivo da nossa mútua indiferença. Indiferença, não; não o é, nem o podia ser nunca. No meio de toda essa angústia que nos cerca, poderia eu esquecer a minha doce Aragão? Poderíeis vós esquecer-me?ᴬ Ide agora, nós que somos felizes, temos o dever de consolar os desgraçados. (*D. Francisca sai pela esquerda.*)

Cena XIV

D. MANUEL DE PORTUGAL, D. ANTÔNIO DE LIMA

D. MANUEL

Se perco o confidente dos meus amores, da minha mocidade, o meu companheiro de longas horas... Não é impossível. — El--rei concederá o que lhe pedir D. Antônio. A culpa, — força é confessá-lo — a culpa é dele, do meu Camões, do meu impetuoso poeta; um coração sem freio... (*Abre-se o reposteiro, aparece D. Antônio.*) D. Antônio!

D. ANTÔNIO
(*da porta, jubiloso*)
Interrogastes-me há pouco; agora hei tempo de vos responder.

D. MANUEL
Talvez não seja preciso.

D. ANTÔNIO
(*adianta-se*)
Adivinhais então?

D. MANUEL
Pode ser que sim.

D. ANTÔNIO
Creio que adivinhais.

D. MANUEL
Sua Alteza concedeu-vos o desterro de Camões.

D. ANTÔNIO
Esse é o nome da pena; a realidade é que Sua Alteza restituiu a honra a um vassalo, e a paz a um ancião.

D. MANUEL
Senhor D. Antônio...

D. ANTÔNIO
Nem mais uma palavra, senhor D. Manuel de Portugal, nem mais uma palavra. — Mancebo sois; é natural que vos ponhais do lado do amor; eu sou velho, e a velhice ama o respeito. Até à vista, senhor D. Manuel, e não turveis o meu contentamento. (*dá um passo para sair*)

D. MANUEL
Se matais vossa filha?

D. ANTÔNIO
Não a matarei. Amores fáceis de curar são esses que aí brotam no meio de galanteios e versos. Versos curam tudo. Só não curam a honra os versos; mas para a honra dá Deus um rei austero, e um pai inflexível... Até à vista, senhor D. Manuel. (*sai pela esquerda*)

Cena XV

D. MANUEL DE PORTUGAL, LOGO CAMÕES

D. MANUEL

Perdido... está tudo perdido. (*Camões entra pelo fundo.*) Meu pobre Luís! Se soubesses...

CAMÕES

Que há?

D. MANUEL

El-rei... El-rei atendeu às súplicas do senhor D. Antônio. Está tudo perdido.

CAMÕES

E que pena me cabe?

D. MANUEL

Desterra-vos da corte.

CAMÕES

Desterrado! Mas eu vou ter com Sua Alteza, eu direi...

D. MANUEL

(*aquietando-o*)

Não direis nada; não tendes mais que cumprir a real ordem; deixai que os vossos amigos façam alguma cousa; talvez logrem abrandar o rigor da pena. Vós não fareis mais do que agravá-la.

CAMÕES
Desterrado! E para onde?

D. MANUEL
Não sei. Desterrado da corte é o que é certo. Vede... não há mais demorar no paço. Saiamos.

CAMÕES
Aí me vou eu, pois, caminho do desterro, e não sei se da miséria! Venceu então o Caminha? Talvez os versos dele fiquem assim melhores. Se nos vai dar uma nova *Eneida*, o Caminha? Pode ser, tudo pode ser... Desterrado da corte! Cá me ficam os melhores dias, e as mais fundas saudades. Crede, senhor D. Manuel, podeis crer que as mais fundas saudades cá me ficam.

D. MANUEL
Tornareis, tornareis...

CAMÕES
E ela? Já o saberá ela?

D. MANUEL
Cuido que o senhor D. Antônio foi dizer--lho em pessoa. Deus! Aí vêm eles.

Cena XVI

OS MESMOS, D. ANTÔNIO DE LIMA,
D. CATARINA DE ATAÍDE

(*D. Antônio aparece à porta da esquerda, trazendo D. Catarina pela mão. — D. Catarina vem profundamente abatida.*)

———————————————

D. CATARINA
(*à parte, vendo Camões*)
Ele! Dai-me força, meu Deus! (*D. Antônio corteja os dois, e segue na direção do fundo. Camões dá um passo para falar-lhe, mas D. Manuel contém-no. D. Catarina, prestes a sair, volve a cabeça para trás.*)

Cena XVII

D. MANUEL DE PORTUGAL, CAMÕES

CAMÕES

Ela aí vai... talvez para sempre... Credes que para sempre?

D. MANUEL

Não. Saiamos!

CAMÕES

Vamos lá; deixemos estas salas que tão funestas me foram. (*indo ao fundo e olhando para dentro*) Ela aí vai, a minha estrela, aí vai a resvalar no abismo, donde não sei se a levantarei mais... Nem eu... (*voltando-se para D. Manuel*) nem vós, meu amigo, nem vós que me quereis tanto, ninguém.

D. MANUEL

Desanimais depressa, Luís. Por que ninguém?

CAMÕES

Não saberia dizer-vos; mas sinto-o aqui no coração. Essa clara luz, essa doce madrugada da minha vida, apagou-se agora mesmo, e de uma vez.

D. MANUEL
Confiai em mim, nos meus amigos, nos vossos amigos. Irei ter com eles; induzi-los-ei a...

CAMÕES
A quê? A mortificarem um camareiro-mor, a fim de servir um triste escudeiro, que já estará caminho de África?

D. MANUEL
Ides a África?

CAMÕES
Pode ser; sinto umas tonteiras africanas. Pois que me fecham a porta dos amores, abrirei eu mesmo as da guerra. Irei lá pelejar, ou não sei se morrer... África, disse eu? Pode ser que Ásia também, ou Ásia só; o que me der na imaginação.

D. MANUEL
Saiamos.

CAMÕES
E agora, adeus, infiéis paredes; sede ao menos compassivas; guardai-ma, guardai-ma bem, a minha formosa D. Catarina! (*a D. Manuel*) Credes que tenho vontade de chorar?

D. MANUEL
Saiamos, Luís!

E não choro, não; não choro... não quero... (*forcejando por ser alegre*) Vedes? até rio! Vou-me para bem longe. Considerando bem, Ásia é melhor; lá rematou a audácia lusitana o seu edifício, lá irei escutar o rumor dos passos do nosso Vasco. E este sonho, esta quimera, esta cousa que me flameja cá dentro, quem sabe se... Um grande sonho, senhor D. Manuel... Vede lá, ao longe, na imensidade desses mares, nunca dantes navegados, uma figura rútila, que se debruça dos balcões da aurora, coroada de palmas indianas? É a nossa glória, é a nossa glória que alonga os olhos, como a pedir o seu esposo ocidental. E nenhum lhe vai dar o ósculo que a fecunde; nenhum filho desta terra, nenhum que empunhe a tuba da imortalidade, para dizê-la aos quatro ventos do céu... Nenhum... (*vai amortecendo a voz*) Nenhum... (*pausa, fita D. Manuel, como se acordasse, e dá de ombros*) Uma grande quimera, senhor D. Manuel. Vamos ao nosso desterro.

Notas sobre o texto

p. 30   A. Algumas edições modernas alteram para "Ide-vos?".
p. 32   A. Foi inserida a vírgula.
p. 55   A. Ver nota A, p. 30.
p. 56   A. Foi inserida a vírgula.
p. 61   A. Na edição de 1881, "do desterro".
p. 65   A. Foi inserida a vírgula.
p. 69   A. Na edição de 1881, "Defendei-lo".
p. 80   A. Na edição de 1881, o período termina com ponto-final.

Sugestões de leitura

FARIA, João Roberto. *Ideias teatrais: O século XIX no Brasil*. São Paulo: Perspectiva, 2001.
_____ (Org.). *Machado de Assis: Do teatro. Textos críticos e escritos diversos*. São Paulo: Perspectiva, 2008.
LOYOLA, Cecília. *Machado de Assis e o teatro das convenções*. Rio de Janeiro: Uapê, 1997.
MAGALHÃES JÚNIOR, Raimundo. *Vida e obra de Machado de Assis*. 2. ed. rev. e ampl. pelo autor. Rio de Janeiro: Record, 2008. v. 3.
PEREIRA, Lúcia Miguel. "Machadinho". In: _____. *Machado de Assis (Estudo crítico e biográfico)* [1936]. 6. ed. Belo Horizonte: Itatiaia; São Paulo: Edusp, 1988, pp. 88-106.
SOUSA, José Galante de. *O teatro no Brasil*. Rio de Janeiro: Instituto Nacional do Livro, 1960. 2 v.
TELES, Gilberto Mendonça. *Camões e a poesia brasileira*. 3. ed. Rio de Janeiro: Livros Técnicos e Científicos, 1979.
TORNQUIST, Helena. *As novidades velhas: O teatro de Machado de Assis e a comédia francesa*. São Leopoldo: Ed. Unisinos, 2002.
VIEIRA, Anco Márcio Tenório. "Machado de Assis e o teatro nacional". *Revista USP*, São Paulo, n. 26, pp. 182-94, jun./jul./ago. 1995.
_____. "A crítica teatral de Machado de Assis". *Luso-Brazilian Review*, Madison, v. 35, n. 2, pp. 37-51, inverno 1998.
_____. "Alguns aspectos de metalinguagem no teatro de Machado de Assis". *Revista Graphos*, João Pessoa, v. 12, n. 1, pp. 119-34, 2010. Disponível em: <periodicos.ufpb.br/index.php/graphos/article/view/9858>. Acesso em: 23 ago. 2021.

Índice de cenas

Tu só, tu, puro amor... 19
    Advertência 23
    Cena primeira. 27
    Cena II 35
    Cena III. 36
    Cena IV. 38
    Cena V 40
    Cena VI. 42
    Cena VII 44
    Cena VIII. 49
    Cena IX. 59
    Cena X 65
    Cena XI. 72
    Cena XII 75
    Cena XIII. 78
    Cena XIV 81
    Cena XV 83
    Cena XVI. 85
    Cena XVII 86

FUNDAÇÃO ITAÚ

PRESIDENTE DO
CONSELHO CURADOR
Alfredo Setubal

PRESIDENTE
Eduardo Saron

ITAÚ CULTURAL

SUPERINTENDENTE
Jader Rosa

NÚCLEO CURADORIAS E
PROGRAMAÇÃO ARTÍSTICA

GERÊNCIA
Galiana Brasil

COORDENAÇÃO
Andréia Schinasi

PRODUÇÃO-EXECUTIVA
Roberta Roque

AGRADECIMENTO
Claudiney Ferreira

TODAVIA

TRANSCRIÇÃO DE TEXTO
Fernando Borsato dos Santos

COTEJO E REVISÃO TÉCNICA
Marcelo Diego

LEITURA CRÍTICA
Luciana Antonini Schoeps

CONSULTORIA
Paulo Dutra

ASSISTÊNCIA EDITORIAL
Gabrielly Alice da Silva
Karina Okamoto
Mario Santin Frugiuele

PREPARAÇÃO
Jane Pessoa

REVISÃO
Huendel Viana
Erika Nogueira Vieira

PRODUÇÃO EDITORIAL E GRÁFICA
Aline Valli

PROJETO GRÁFICO
Daniel Trench

COMPOSIÇÃO
Estúdio Arquivo
Hannah Uesugi
Pedro Botton

REPRODUÇÃO DA PÁGINA DE ROSTO
Nino Andrés

TRATAMENTO DE IMAGENS
Carlos Mesquita

© Todavia, 2023
© *organização e apresentação*,
Hélio de Seixas Guimarães, 2023

Todos os direitos desta edição
reservados à Todavia.

Este volume faz parte da coleção
Todos os livros de Machado de Assis.

Dados Internacionais de Catalogação
na Publicação (cip)

Assis, Machado de (1839-1908)
 Tu só, tu, puro amor... : Comédia / Machado de Assis ; organização e apresentação Hélio de Seixas Guimarães. — 2. ed. — São Paulo : Todavia, 2024.
(Todos os livros de Machado de Assis).

Ano da primeira edição original: 1881
isbn 978-65-5692-653-7
isbn da coleção 978-65-5692-697-1

1. Literatura brasileira. 2. Teatro. i. Assis, Machado de. ii. Guimarães, Hélio de Seixas. iii. Título.

cdd b869.2

Índice para catálogo sistemático:
1. Literatura brasileira : Teatro b869.2

Bruna Heller — Bibliotecária — crb 10/2348

todavia

Rua Luís Anhaia, 44
05433.020 São Paulo sp
t. 55 11. 3094 0500
www.todavialivros.com.br

As edições de base que deram origem aos 26 volumes da coleção Todos os livros de Machado de Assis oferecem um panorama tipográfico exuberante, como atestam as páginas de rosto incluídas no início de cada obra. Por meio delas, vemos as famílias tipográficas em voga nas oficinas de Paris e do Rio de Janeiro, no momento em que Machado de Assis publicava seus livros. Inspirado por esse conjunto de referências, o designer de tipos Marconi Lima desenvolveu a Machado Serifada, fonte utilizada na composição desta coleção. Impresso em papel Avena pela Forma Certa.